TALES OF SYMPHONIA
Hitoshi Ichimura

SOMMAIRE

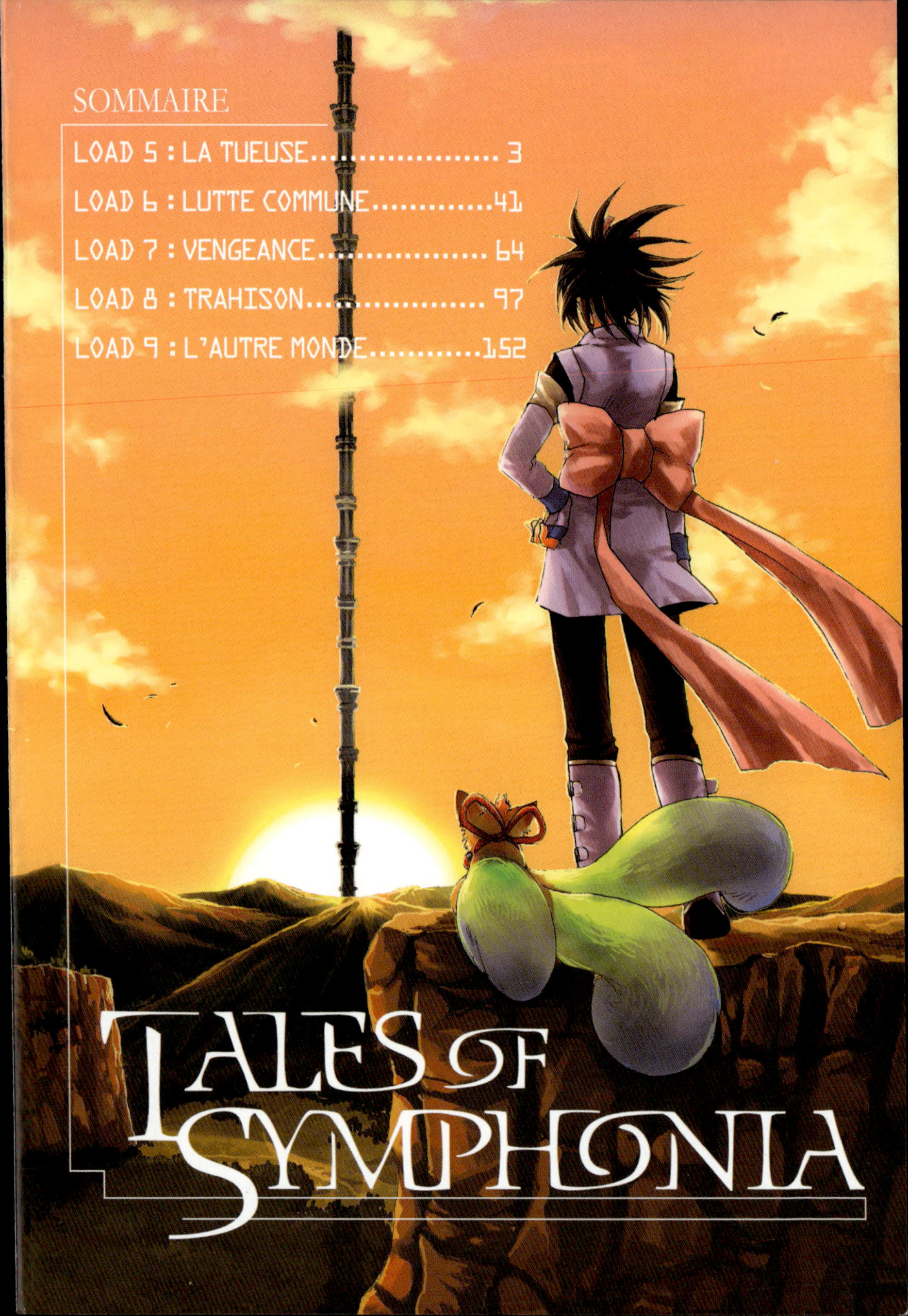

LOAD 5 : LA TUEUSE

POUR TRAVERSER LE COL, IL N'Y A PAS 36 SOLUTIONS... ON VA PRENDRE LE SENTIER D'OSSA...
DERRIÈRE CES MONTAGNES SE TROUVE IZOOLD, UN PETIT PORT DE PÊCHE... C'EST NOTRE PROCHAINE ÉTAPE !
UNE FOIS PARVENUS LÀ-BAS, IL NOUS FAUDRA AFFRÉTER UN NAVIRE...
LE PROCHAIN SCEAU EST SITUÉ À L'EST, SUR UN AUTRE CONTINENT, C'EST ÇA ? IL VA FALLOIR TRAVERSER L'OCÉAN...
AH... VOGUER SUR LES FLOTS...
J'AI HÂTE D'Y ÊTRE !
TRÈS MAUVAISE IDÉE !!
ARGH...
EN CETTE ÉPOQUE TROUBLÉE, AVEC TOUS LES MONSTRES QUI NE CESSENT D'APPARAÎTRE, UNE TRAVERSÉE EN BATEAU, C'EST DE LA FOLIE !
ON RISQUE DE SE FAIRE ATTAQUER EN PLEINE MER !!
GRR
GRR
GRR
PROFESSEUR SAGE ?

Hima
Izoold
Ossa trail
JE PROPOSE PLUTÔT QU'ON LONGE LA CÔTE ET QU'ON PRENNE LA DIRECTION D'ASGARD...
ON PEUT REJOINDRE L'EST DU CONTI-NENT AUTREMENT QUE PAR LA VOIE MARITIME !
ET PUIS, IL Y A DE FORTES CHANCES QUE LE SCEAU DU VENT SE TROUVE DANS LE MAUSOLÉE DE BALACRUF, PRÈS D'ASGARD...
DITES DONC, EST-CE QUE, PAR HASARD, VOUS AURIEZ PEUR DE L'EAU ?
BREF ...
À MON AVIS, LE CHEMIN CÔTIER EST NETTEMENT PLUS SÛR...
QU'EN PENSEZ-VOUS ?
C'EST VRAI...
ON RISQUE MOINS DE SE FAIRE REPÉRER PAR LES DÉSIANS EN PASSANT PAR LÀ...
OUAH !
OUPS LÀ...
UN PIÈGE ?
ET J'AI FAILLI TOMBER DEDANS !
PAS DU TOUT...
AUTRE-FOIS, IL Y AVAIT DES MINES, ICI... ET DONC DES GALERIES SOUTERRAI-NES !
APPAREM-MENT, IL NE RESTE PLUS QUE CES TUNNELS...

NE TOUCHEZ SURTOUT PAS LE LEVIER QUI OUVRE LA TRAPPE !
SUR-TOUT TOI, COLETTE !
D'ACCORD !
POURQUOI SURTOUT COLETTE ?
PARCE QUE MALADROITE COMME ELLE EST, IL VAUT MIEUX SE MÉFIER !!
AU FAIT ...
ÇA VA MIEUX, TOI ?
TA CRISE EST PASSÉE ?
JE SUIS EN PLEINE FORME !
SI TU AS MAL QUEL-QUE PART, TU ME LE DIS, HEIN !
MAIS OUI !
TAP
HALTE-LÀ !!
GLOUPS
?!
...
L'ÉLUE SE TROUVE-T-ELLE PARMI VOUS ?!

MÉFIANCE, C'EST PEUT-ÊTRE L'ENNEMI...
ATTEN-TION !
RESTEZ SUR VOS G...
OUI !
C'EST MOI !
COLETTE !
MAIS TU OUBLIES TOUTE PRUDENCE, MA PAROLE !
ÉLUE DE LA RÉGÉNÉRATION...
FAIS TES PRIÈRES !!

ET VOILÀ ! IL FALLAIT S'Y ATTENDRE !
?
TE ?!
COLETTE !
À COUVERT, VI...
FLAP
あっ
DES CARTES ?!
PYROSCEAU !!
BAOM
!!

TIENS DONC...
PLAF
UNE INVOCA-TRICE !
PREMIER GARDIEN !
VENT ÉCARLATE !!
VOUSH
!
GH...
CLANG

...
ÉLUE DE LA RÉGÉNÉRATION...
TU M'EN VOIS VRAIMENT NAVRÉE...
TAP
...
OH NON !!
ELLE VA INVOQUER...
TAC
MAIS TU DOIS MOURIR, DANS NOTRE INTÉRÊT !!
!!
FLOP

?!
PLAF
AAH !
CLIC
CLAP
AH...

AAAAAAAAH !
OH NON...
QU'EST-CE QUE J'AI FAIT ?
AAAH...
EUH ...
HA HA HA...
CE N'EST PAS PLUS MAL... APRÈS TOUT, ELLE EN VOULAIT À TA VIE...
LA FILLE LA PLUS MALADROITE DE SYLVARANT A ENCORE FRAPPÉ !!
ÇA ME FAIT QUAND MÊME DE LA PEINE POUR ELLE...
PARDON, MADAME LA TUEUSE !!
NE VOUS EN FAITES PAS, DE CETTE HAUTEUR, LA CHUTE N'A PAS ÉTÉ FATALE...
ENFIN, PEUT-ÊTRE.
C'EST VRAI ?
...
CES VÊTEMENTS ...
OUI ?
ÇA VOUS RAPPELLE QUELQUE CHOSE ?
NON ...
CE N'EST RIEN...
HÂTONS-NOUS...

ON L'ÉPARGNE ?
OUI... APRÈS TOUT, CE N'EST PAS UNE DÉSIANE.
PFF... ASSASSINER L'ÉLUE ET SON ESCORTE... QUEL PROFIT PEUT-ON BIEN EN TIRER ?
DE TOUT TEMPS, IL Y A EU DES ÊTRES POUR S'OPPOSER AU SALUT...
BON, EN ROUTE POUR ASGARD !
POUR L'INSTANT, ON IGNORE ENCORE LE NOMBRE EXACT DES SCEAUX...
MAIS ON NE POURRA RALLIER LA TOUR DU SALUT QUE QUAND TU LES AURAS TOUS BRISÉS ...
VRAIMENT ?!
ET COMMENT ?!
...
MAIS COLETTE A ENTREPRIS CE PÉRIPLE DANS LA SEULE INTENTION DE TOUS NOUS SAUVER !
DILING
FRSHH

?
TIENS…
UN PROBLÈME, GÉNIS ?
NON, RIEN…
J'AI CRU VOIR UNE DRÔLE DE BESTIOLE…
ÇA RESSEMBLAIT À UN RENARD…
?
SHEENA !
ILS ONT DIT QU'ILS ALLAIENT À ASGARD…
BRISER LE SCEAU DU VENT !
JE VOIS…
MERCI, CORRINE !
QU'EST-CE QU'ON FAIT, MAINTENANT ?
IL EST HORS DE QUESTION QUE J'ÉCHOUE À NOUVEAU !
JE L'AURAI, CETTE ÉLUE DE MALHEUR !

GRIP
JE DOIS À TOUT PRIX EMPÊCHER LA RÉGÉNÉRATION...
SHEENA ...
SI CE MONDE-CI EST RÉGÉNÉRÉ...
C'EST LE NÔTRE QUI PÉRIRA !
ALLONS-Y, CORRINE !
STAP
IL FAUT LES DEVANCER !
MAIS TU ES COUVERTE DE TERRE...
BOUCLE-LA !!
MAUSOLÉE DE BALACRUF.

Ô GRANDE DÉESSE MARTEL, VOUS QUI VEILLEZ SUR NOTRE MONDE...
ET QUI NOURRISSEZ NOTRE TERRE...
J'EN APPELLE...
À VOTRE POUVOIR !
JE TIENS À TE FÉLICITER D'ÊTRE ARRIVÉE JUSQU'ICI...
COLETTE, ÉLUE DE LA RÉGÉNÉRATION !

AU NOM DU CRUXIS, JE TE DONNE LE POUVOIR DES ANGES !
REÇOIS NOTRE BÉNÉ-DICTION !
MERCI ...
SEIGNEUR RÉMIEL !
TAP
NIARK

C'ÉTAIT LE DEUXIÈME SCEAU...
JE ME DEMANDE COMBIEN IL EN RESTE ...
ON NE PEUT QUE SE FIER AUX INDICATIONS DE RÉMIEL...
TOUT CE QU'ON SAIT, C'EST QUE LE SCEAU DE L'EAU SE TROUVE PRÈS DU GEYSER DE THODA...
OUAIS ...
FLOP
D'AILLEURS, IL POURRAIT NOUS LES INDIQUER TOUS D'UN COUP, TANT QU'IL Y EST...
!
COLETTE ! ÇA VA ?!
ÇA RECOMMENCE...
ELLE A UNE CRISE À CHAQUE FOIS QU'ELLE SE RAPPROCHE UN PEU PLUS DE L'ÉTAT D'ANGE...
C'EST LA TOXICOSE DES ANGES ...
IL FAUT VITE QU'ELLE SE REPOSE...
SALUT !

VOUS VOILÀ ENFIN...
L'ÉLUE RENIÉE PAR LES CIEUX ET SA BANDE DE CHIENS ERRANTS !
T.AP
TAP
QU...
T.AP

DES DÉSIANS ?!
RENIÉE PAR LES CIEUX, TU DIS ?
C'EST VOUS QUI AVEZ PERDU LA FAVEUR DES DIEUX, DÉSIANS !!
TU DOIS ÊTRE LLOYD IRVING...
LE SALE GOSSE QUI A TUÉ FORCYSTUS À ISÉLIA !
JE SUIS MAGNIUS, L'UN DES CINQ GRANDS CARDINAUX DÉSIANS, ET JE JURE DE VENGER MON CAMARADE !
CLANG
CE MEURTRE, TU VAS LE PAYER TRÈS CHER...

TAP
EMPAREZ-VOUS DE SON EX-SPHÈRE !!
MAIS D'ABORD, TUEZ-LES TOUS, CES MISÉRABLES VERMISSEAUX !!
J'AIMERAIS BIEN...
VOIR ÇA !
SHLAK
SHLAK
SHLAK

AAAH ...
PROFES-SEUR !!
GÉNIS !
TU CROYAIS PEUT-ÊTRE QUE J'ALLAIS ME CONTENTER DE GEINDRE COMME UNE FAIBLE FEMME ?!
ELLE PORTE SON EXSPHÈRE !
BOM
À TOI DE JOUER, GÉNIS !
C'EST PARTI !!

STALAG-
MITE !!
SHPAAAC
JE VOIS
...
GRIP
SHH

BAOOM
KYAH
VOUUM
VOUS DEUX...
BROM

VOUS APPARTENEZ À NOTRE PEUPLE !!
!!
BRR
QU'EST-CE QUE ÇA VEUT DIRE ?!
C'EST ÉVIDENT ...
CE SONT DES DEMI-ELFES !!
C...
C'EST COMPLÈTEMENT FAUX !
NOUS SOMMES ...

IL PARAÎT QUE CE SONT DES DEMI-ELFES, C'EST ÇA ?
POURQUOI S'EN SONT-ILS PRIS À COLETTE, À TON AVIS ?
ÇA...
JE N'EN AI AUCUNE IDÉE...
GÉNIS ET SA SŒUR SONT DES ELFES...
...
MAIS QU'EST-CE QUE TU RACONTES ?!
N'EST-CE PAS ?
VOUS ÊTES BIEN...
!!
...
PFF... UN MENSONGE AUSSI GROSSIER NE VISAIT SANS DOUTE QU'À ÉVITER LES PERSÉCUTIONS !
TAP

SHHH
SHHH
MAIS MOI, JE RECONNAIS TOUJOURS MES SEMBLABLES...
WOSH
VOUS ÊTES COMME NOUS, LES DÉSIANS...
VOUS FAITES PARTIE DE LA RACE SUPÉRIEURE...
ALORS POURQUOI PRÊTER MAIN-FORTE À CES ÊTRES INFÉRIEURS ?!
PUISQUE NOUS SOMMES DU MÊME PEUPLE !
SI VOUS IMPLOREZ MON PARDON...
JE CONSENTIRAI PEUT-ÊTRE À VOUS ÉPARGNER...

C'EST VRAI...
NOUS SOMMES DES DEMI-ELFES !!
RAINE !
MAIS NOUS NE SOMMES PAS COMME VOUS !!
!
GÉNIS ...
N'OUBLIE JAMAIS ...
WOOM
QUE NOUS N'AVONS RIEN DE COMMUN AVEC CES MONSTRES !!

PAUVRES IMBÉCILES !!
VOUS L'AUREZ VOULU ! VOUS ALLEZ CONNAÎTRE LE MÊME SORT QUE L'ÉLUE !
AH !
PROFESSEUR SAGE ! GÉNIS !!
CLANG
TSS...
CLING

SLASH
ELLE A PARFAITEMENT RAISON !
GH ...
P'SHHH
NE LES METTEZ PAS...
DANS LE MÊME SAC QUE VOUS !!
LLOYD ...

VERMINE !!
ATTEN-TION !!
LIGHT !!
PHOTON !

C...
COMMENT EST-CE POSSIBLE ?
MOI, LE GRAND MAGNIUS...
VAINCU PAR DES ÊTRES INFÉRIEURS...
TAP
TU NE PEUX T'EN PRENDRE QU'À TOI-MÊME ET À TA BÊTISE...
MAGNIUS ...
L'ÉLUE A ÉTÉ OFFICIELLEMENT RECONNUE PAR LE CRUXIS...
CO...
COMMENT ÇA ?!

MAIS ALORS ...
RODYLE M'AURAIT DUPÉ ?!
?
KOF
ENFER ET DAMNATION !!
S... SEI-GNEUR ...
YGG... DRASILL ...
GLOIRE À L'AVÈNE-MENT...
DE L'ÂGE DES DEMI-ELFES...
...
...
PRO-FESSEUR SAGE...
GÉNIS ...
LLOYD ...

POURQUOI...
GÉNIS ...
MAGNIUS A DIT LA VÉRITÉ...
NOUS VOULIONS JUSTE VIVRE PARMI LES HUMAINS...
MAIS SURTOUT...
JE VOULAIS GARDER TON AMITIÉ, ET CELLE DE COLETTE !!
SI VOUS AVIEZ SU LA VÉRITÉ ...
VOUS M'AURIEZ MÉPRISÉ OU DÉTESTÉ...
J'AVAIS PEUR ...
DE VOUS PERDRE, TU COMPRENDS ?!
...
C'EST POUR ÇA QUE TU NOUS AS MENTI ?

...
BRR
C'EST VRAI QUE LES DEMI-ELFES SONT SOUVENT TRAITÉS COMME DES INDÉSIRABLES ...
MOI-MÊME...
JE SOUHAITE À TOUT PRIX ME VENGER DE CEUX QUI ONT TUÉ MA MÈRE...
ET JE HAIS LES DEMI-ELFES QUAND CE SONT DES DÉSIANS !
!
MLLE SAGE, VOUS ÊTES MON PROFESSEUR...
ET TOI, GÉNIS, TU ES MON MEILLEUR AMI...
MAIS ...

JE SAIS BIEN QUE VOUS...
VOUS NE RESSEMBLEZ EN RIEN À CES MAUDITS DÉSIANS...
LLOYD ...
ET PUIS ...
AU VILLAGE, ON M'A TOUJOURS REGARDÉ DE TRAVERS PARCE QUE J'AVAIS ÉTÉ ÉLEVÉ PAR UN NAIN...
HÉ HÉ...
ALORS JE COMPRENDS CE QUE VOUS AVEZ PU RESSENTIR !
MERCI, LLOYD...
ESPÈCE D'IDIOT !
LES DEMI-ELFES ET LES NAINS, C'EST PAS DU TOUT LA MÊME CHOSE !
EH ! QUI TU TRAITES D'IDIOT, LÀ ?!

LUIN, LA CITÉ DE L'ESPOIR.
PFF ...
C'ÉTAIT BIEN LA PEINE DE LES PRENDRE DE VITESSE ...
PERSONNE NE LES A JAMAIS VUS, DANS LE COIN...
TU ES BIEN SÛRE QU'ILS SE DIRIGEAIENT PAR ICI ? TU N'AS PAS RÊVÉ, AU MOINS ?
QUOI ?! TU OSES DOUTER DE MOI ?!
HUMPH !!
J'AI TRÈS BIEN ENTENDU LEUR CONVERSATION !!

TAP
TAP
TAP
TAP
TAP
CAPTUREZ TOUS LES VILLAGEOIS ...
?
ET SI VOUS RENCONTREZ LA MOINDRE RÉSISTANCE ...
TUEZ-LES JUSQU'AU DERNIER !!
QUOI ?!

COLETTE...
LLOYD ? QU'EST-CE QU'IL Y A ?
ALORS LÀ, JE TE RETOURNE LA QUESTION !
TU N'ARRIVES PAS À DORMIR ?
À PROPOS, TU N'AS PRESQUE PAS TOUCHÉ À TON DÎNER...
MANQUE DE SOMMEIL ET DE NOURRITURE, CE N'EST PAS TRÈS SÉRIEUX, TOUT ÇA !
MAIS REGARDE... KRATOS NE DORT PAS NON PLUS !
ENCORE HEUREUX, C'EST SON TOUR DE GARDE...
DIS, COLETTE...
TON CORPS N'A PAS SUBI D'AUTRES CHANGEMENTS, À PART TES AILES QUI POUSSENT ?
POURQUOI TU ME DEMANDES ÇA ?

EH BIEN... TU AS DÉJÀ BRISÉ PLUSIEURS SCEAUX, ET JE PENSAIS QUE TU ALLAIS TE TRANSFORMER UN PEU PLUS À CHAQUE FOIS...
TU ES CENSÉE TE CHANGER EN ANGE, MAIS ÇA NE SE VOIT PAS TROP...
POUR L'INSTANT, TU SOUFFRES JUSTE DE LA TOXICOSE DES ANGES... C'EST PAS MARRANT !
EH NON ...
MAIS NE T'INQUIÈTE PAS...
JE VAIS BIEN...
...
TU ES SÛRE ?
OUI !
JE RESTE ENCORE UN PEU PRENDRE L'AIR ET JE VAIS ME COUCHER...
ALLEZ ...
BONNE NUIT !
TOI AUSSI ...
OK !
NE TARDE PAS TROP !
DORS BIEN...
LLOYD !

FAIS DE BEAUX RÊVES... POUR MOI AUSSI !
LOAD 6 : LUTTE COMMUNE

Tower of MANA
Luin
Hima
Iselia
Triet
Izoold
Ossa trail
ON A BRISÉ LES SCEAUX DU FEU, DE L'EAU ET DU VENT...
PASSONS AU QUATRIÈME...
IL NE DOIT PAS EN RESTER BEAUCOUP...
J'IMAGINE QU'ON NE VA PLUS TARDER À METTRE LE CAP SUR LA TOUR DU MANA...
NON, IL FAUT UNE CLÉ POUR Y PÉNÉTRER !
ET CETTE FAMEUSE CLÉ, ELLE SE TROUVE À LUIN, C'EST ÇA ?
EXACT !
LE PRÊTRE QUI EN A LA GARDE VIT LÀ-BAS...
LUIN ?
C'EST COMMENT ?
C'EST UNE TRÈS BELLE VILLE...

ON LA SURNOMME LA CITÉ DE L'ESPOIR...
LES RUES GROUILLENT DE MONDE, C'EST TOUJOURS TRÈS ANIMÉ...
C'EST UN ENDROIT OÙ IL FAIT BON VIVRE...
ALORS COMME ÇA...
TU Y ES DÉJÀ ALLÉ ?
C'EST LÀ QU'EST NÉ UN DE MES AMIS...
?
HMM ...
AH...
REGARDEZ, ON L'APERÇOIT D'ICI !
VOILÀ LUIN !

ÇA ALORS !
MAIS QU'EST-CE QUI S'EST PASSÉ ?

CETTE DÉSOLATION...
ÇA ME RAPPELLE...
LE MASSACRE D'ISÉLIA !!
C'EST ÉTRANGE ...
QUOI DONC ?
LA VILLE A ÉTÉ ENTIÈREMENT DÉVASTÉE, ET IL N'Y A PAS DE CADAVRES... MAIS LES HABITANTS NE SONT NULLE PART EN VUE...
C'EST VRAI, C'EST BIZARRE ...
INUTILE DE MOISIR ICI...
ALLONS AU TEMPLE CHERCHER LA CLÉ !

CLANG
CLANG
PLAF
OH... HISSE !
PFF ...
FOUILLER CES RUINES, C'EST COMME CHERCHER UNE AIGUILLE DANS UNE BOTTE DE FOIN...
PFF...
HAN HAN
ON N'A PAS LE CHOIX !
IL VAUT MIEUX NE PAS UTILISER DE SORT, AU CAS OÙ QUELQU'UN SE DISSIMULERAIT PARMI LES DÉCOMBRES...
ALLEZ ! REMUEZ-VOUS !
RAAAH !
PRENEZ GARDE À CE QUE TOUT NE S'EFFONDRE PAS !
AH...
J'AI ENTENDU ... UN BRUIT ...

UN BRUIT ?
OUI ... COMME UN TINTEMENT MÉTALLIQUE...
ÇA VENAIT DE LÀ...
TU ES SÛRE ?
J'AI RIEN ENTENDU DU TOUT, MOI...
OH HISSE !
CLONG
AH !
LA VOILÀ !
ON DIRAIT QUE C'EST LA BONNE !!
GÉNIAL !
COLETTE, T'ASSURES !

BON, ON VA REFAIRE LE TOUR DE LA VILLE...
UN PEU PLUS LOIN, IL Y A UNE PLACE ORNÉE D'UNE FONTAINE...
ON TROUVERA PEUT-ÊTRE QUELQU'UN LÀ-BAS...
!
MAIS C'EST ...

EH, TOI !
TU ES LA FILLE DE L'AUTRE JOUR !!
NE ME DIS PAS QUE TU ES REVENUE TUER CO-LETTE ?!
ATTENDS !
ELLE A L'AIR GRIÈVEMENT BLESSÉE !
DU CALME...
JE N'AI PLUS LA FORCE DE COMBATTRE, DE TOUTE FAÇON...
DIS-MOI, QU'EST-CE QUI S'EST PASSÉ, ICI ?
ON S'EST FAIT ATTA-QUER...

PAR DES DÉSIANS...
!!
COMME VOUS L'AVEZ VU, LA VILLE A ÉTÉ RAVAGÉE...
ILS ONT COMMENCÉ PAR METTRE LE FEU...
ENSUITE, ILS N'ONT EU QU'À CUEILLIR CEUX QUI TENTAIENT DE FUIR LES FLAMMES...
TOUT LE MONDE, Y COMPRIS LES FEMMES ET LES ENFANTS, A ÉTÉ FAIT PRISONNIER ET CONDUIT SOUS BONNE GARDE...
À LA FERME HUMAINE D'ASGARD !

J'AI TENTÉ DE M'Y INTRODUIRE POUR LES DÉLIVRER...
MAIS LES DÉSIANS ÉTAIENT TROP NOMBREUX, ILS M'ONT TOUT DE SUITE REPÉRÉE ET PRISE EN CHASSE...
JE N'AI RIEN PU FAIRE...
EH...
ÇA VA ?
MADAME LA TUEUSE !
GH ...
...
GRIP
PROFES-SEUR !
SOIGNEZ-LA, S'IL VOUS PLAÎT !!

MAIS TU ES FOU, LLOYD !
CETTE FILLE EN A APRÈS COLETTE !
TU OUBLIES QUE...
ELLE A ESSAYÉ DE SAUVER LES HABITANTS DE CETTE VILLE !
ELLE SEMBLE AVOIR UN BON FOND, JE SUIS SÛRE QU'ELLE A UNE RAISON VALABLE DE M'EN VOULOIR !
QU'EST-CE QUE VOUS...
RÉFLÉCHIS, COLETTE ! ELLE JOUE PEUT-ÊTRE LA COMÉDIE !
ON AVISERA LE MOMENT VENU !
EN ATTENDANT, ON NE PEUT PAS LA LAISSER COMME ÇA !

Mlle SAGE...
JE VOUS EN PRIE !!
VOUS ÊTES IRRÉCUPÉRABLES, LES ENFANTS...
FLOP
ELLE EST GUÉRIE !
LAISSE-MOI TE DIRE UNE BONNE CHOSE...
AU MOINDRE GESTE SUSPECT, JE T'ABATS !

TSS ...
ELLE A L'ESPRIT RETORS, CELLE-LÀ !
MERCI, VOUS DEUX ...
C'ÉTAIT VRAIMENT SYMPA DE VOTRE PART !
UN ESPRIT RETORS ?! MOI ?!
ピキッ
JE M'APPELLE SHEENA...
VOUS ALLEZ SANS DOUTE ME TROUVER GONFLÉE, MAIS...
JE VOUDRAIS VOUS DEMANDER VOTRE AIDE...
CES GENS M'ONT LOGÉE ET NOURRIE...
JE TIENS ABSOLUMENT À LES TIRER DE LÀ...
JE SUIS D'ACCORD ...
CETTE VILLE NE DOIT PAS SUBIR LE MÊME SORT QU'ISÉLIA !

CE QUI S'EST PASSÉ LÀ-BAS, JE REFUSE DE LE VIVRE À NOUVEAU !
JE NE VEUX PAS ME RETROUVER DÉMUNI UNE FOIS DE PLUS...
CE COUP-CI, JE DOIS VENIR EN AIDE AUX HABITANTS !
PROFES-SEUR SAGE, QU'EN PENSEZ-VOUS ?
ACCEP-TEZ, JE VOUS EN SUPPLIE !
PFF...
QUOI QUE JE DISE, VOUS N'EN FEREZ QU'À VOTRE TÊTE...
RESPECTONS LA VOLONTÉ DE COLETTE...
TANT QUE NOUS SERONS ALLIÉS, JE JURE DE NE PAS ESSAYER D'ATTENTER À LA VIE DE L'ÉLUE !
PAR-FAIT !

DÉPÊCHONS !
FERME HUMAINE D'ASGARD.
LES GARDES SONT TRÈS NOMBREUX...
IL NOUS FAUT UNE STRATÉGIE ! FONCER DANS LE TAS, ÇA NE MARCHERA PAS...

ON N'A QU'À PRENDRE LE PASSAGE SECRET...
PARDON ?
EUH... JE VEUX DIRE...
DANS CE GENRE DE BÂTIMENT, IL Y A TOUJOURS UNE SORTE D'ISSUE DE SECOURS...
IL SUFFIT DE LA TROUVER...
BONNE IDÉE !
...
JUSTEMENT, J'Y AI PENSÉ ET J'AI ENVOYÉ QUELQU'UN FOUILLER LES ENVIRONS...
HEIN ?
QUI ÇA ?!
MIZUHO ?
EH LÀ !
OH !
LES MISSIONS DE RECONNAISSANCE, C'EST LA SPÉCIALITÉ DU PEUPLE MIZUHO !
VIENS À MOI, CORRINE !
FLAP
ぱあっ
J'AI TROUVÉ UNE ENTRÉE !

EH !
C'EST LA DRÔLE DE BESTIOLE QUE J'AVAIS VUE SUR LE SENTIER D'OSSA !
TAP
PAR ICI !
POUR S'INFILTRER À L'INTÉRIEUR, IL SUFFIT DE POUSSER CE ROCHER...
...
BIEN ...
ALLONS-Y !
TU T'Y CONNAIS, DIS DONC ...
...

BON ...
QUELLE EST LA PROCHAINE ÉTAPE ?
TOUT D'ABORD, IL FAUT LOCALISER LES PRISONNIERS...
C'EST QUOI, CETTE MACHINE ?
VOUS Y COMPRENEZ QUELQUE CHOSE, VOUS ?
BIP
BIP
JE VAIS ESSAYER ...
BIP
BIP
BIP
VOUM
CLAP
OH !
CLAP
CLAP
GLOUPS
WAOUH ...
IL Y A DES TRUCS QUI S'AFFICHENT !
C'EST LE PLAN DE LA FERME...
APPAREMMENT, LES CAPTIFS SE TROUVENT LÀ-BAS...
JE VOIS...
ICI AUSSI, CERTAINS SAVENT SE SERVIR DES NOUVELLES TECHNOLOGIES...
COMMENT ÇA, "ICI AUSSI" ?
EUH...
NON, RIEN... JE PENSAIS TOUT HAUT...

BON ...
ET COMMENT ON Y VA ?
C'EST QUOI, ÇA ?
BIP
BIP
ATTENDS ...
L'ITINÉRAIRE DEVRAIT S'AFFICHER...
!
?!
ÇA S'ANNONCE MAL...
BIIIP
BIIIP
ILS ONT DÉTECTÉ QUE J'ESSAYAIS D'ACCÉDER À L'ORDINATEUR PRINCIPAL...
VOUS POUVEZ ÊTRE PLUS CLAIRE ?!
BIIIP
EN GROS ...
BIIIP
LES DÉSIANS VONT ARRIVER D'UNE MINUTE À L'AUTRE !
TAP
TAP
TAP
TAP
EH, VOUS, LÀ !!
QU'EST-CE QUE VOUS FABRIQUEZ ICI ?!

BON SANG !
ON N'A PAS LE CHOIX... À L'ATTAQUE !
UN INS-TANT...
KVAR ?
INUTILE DE LES TUER...
CAPTUREZ-LES ET FAITES-EN DU BÉTAIL...
À VOS ORDRES, SEIGNEUR KVAR !

MAIS... CETTE EX-SPHÈRE...
JE VOIS ...
TU ES LLOYD IRVING...
LE FILS DE CE COBAYE... CELUI QU'IL A FALLU ÉLIMINER, À L'ÉPOQUE...

"LE FILS DE CE COBAYE... CELUI QU'IL A FALLU ÉLIMINER, À L'ÉPOQUE..."
COMMENT ÇA ?!
AH...
L'EXSPHÈRE QUE TU PORTES EST LE FRUIT DE LONGUES ANNÉES DE TRAVAIL ! J'AVAIS CONSACRÉ MA VIE À CES RECHERCHES...
ET VOILÀ QUE CE SALE COBAYE... CETTE HUMAINE... ESSAYAIT DE S'ENFUIR AVEC...
TU N'ES PAS AU COURANT...
FORT HEUREUSEMENT, ELLE A PAYÉ CE CRIME DE SA VIE...

ICI, ELLE PORTAIT LE MATRICULE A012...
MAIS SES SEMBLABLES L'APPELAIENT ANNA...
LOAD 7 : VENGEANCE
COMMENT ÇA, "COBAYE" ?!
VOUS VOULEZ DIRE QUE LES EXSPHÈRES SONT FABRIQUÉES À PARTIR DE CORPS HUMAINS ?!

PAS TOUT À FAIT...
À L'ORIGINE, LES EXSPHÈRES SONT DANS UN ÉTAT DE LÉTHARGIE...
ELLES SE DÉVELOPPENT EN ABSORBANT LES NUTRIMENTS HUMAINS ET FINISSENT PAR S'ÉVEILLER...
LES FERMES HUMAINES SONT DES USINES DE PRODUCTION D'EXSPHÈRES !
TAIS-TOI...
C'EST POUR CETTE SEULE RAISON QUE NOUS NOUS SOUCIONS DE LA RACE INFÉRIEURE...
FERME-LA, J'AI DIT !!
SALAUD ! C'EST TOI...
QUI AS ASSASSINÉ MA MÈRE !!
NE VA PAS T'IMAGINER N'IMPORTE QUOI...
CE N'EST PAS MOI QUI AI TUÉ ANNA...
MAIS TON PROPRE PÈRE !

EH OUI...
AO12 N'AVAIT PAS DE SERTI-CLÉ, ELLE S'EST DONC TRANSFORMÉE EN MONSTRE...
ET C'EST POUR CELA QUE TON PÈRE L'A TUÉE...
TU MENS !!
HÉ HÉ...
CE N'ÉTAIENT QUE DEUX VULGAIRES HUMAINS...
DES VERMINES QUI NE MÉRITAIENT PAS DE VIVRE !!
JE T'INTERDIS...
D'INSULTER LES MORTS !!

HÉ HÉ HÉ...
TAP
LLOYD !!
CETTE EX-SPHÈRE EST DESTINÉE AU SEIGNEUR YGGDRASILL...
ALORS TU VAS ME LA RENDRE SUR-LE-CHAMP !
JE M'EN CHARGE !
DEUXIÈME GARDIEN !
FOUDRE BLEUE !
VOUSH

ALLEZ !
PROFITEZ-EN POUR FILER...
SÛREMENT PAS...
IL EST HORS DE QUESTION QUE JE FUIE...
GRIP
ALORS QUE L'ASSASSIN DE MA MÈRE EST JUSTE DEVANT MOI !!
PARTEZ TOUS DEVANT !!
NON ...
ON NE TE LAISSERA PAS FAIRE CAVALIER SEUL !
JE VAIS ME BATTRE À TES CÔTÉS...
M...
MOI AUSSI !
KRATOS ...
COLETTE ...

TOUS LES DÉSIANS SE SONT RASSEMBLÉS DANS CETTE PIÈCE...
IL Y A DONC DE FORTES CHANCES QUE LE RESTE DE LA FERME AIT ÉTÉ LAISSÉ SANS SURVEILLANCE...
IL VAUT MIEUX QUE VOUS VOUS SÉPARIEZ... QUE CHACUN CHOISISSE UNE DIRECTION DIFFÉRENTE !
N'OUBLIEZ PAS QU'IL FAUT LIBÉRER LES PRISONNIERS !
MAIS ...
PROFESSEUR SAGE...
JE COMPTE SUR VOUS...
GÉNIS, SHEENA ET VOUS, VOUS DEVEZ Y ALLER...
JE VOUS PROMETS DE VOUS REJOINDRE !!
...
D'ACCORD...
ON S'OCCUPE DES HABITANTS DE LUIN !

DZZZ
CRITCH
DIRE QU'UN SIMPLE MORCEAU DE PAPIER A SUFFI POUR LES VAINCRE...
QUELS MINABLES...
!!
VOUM

KVAR !!
CE QUE TU AS FAIT À MA MÈRE, TU VAS ME LE PAYER...
TRÈS CHER !!
ET TU COMPTES T'Y PRENDRE COMMENT ?
DZZZ
PAUVRE ÊTRE INFÉRIEUR !!
...

LLOYD !!
PLAF
ÇA SUFFIT ! ON A ASSEZ PERDU DE TEMPS...
TU VAS ME LA RENDRE TOUT DE SUITE !
GH...
TAP
POUR SATISFAIRE LE SEIGNEUR YGGDRASILL, NOTRE GRAND CHEF...
ET POUR QUE MON MÉRITE SOIT ENFIN RECONNU...
IL ME FAUT CETTE EX-SPHÈRE...
MAIS SI JE ME CONTENTAIS DE TE LA REPRENDRE, CE SERAIT UN CHÂTIMENT TROP DOUX...
JE SAIS !
JE VAIS PROVOQUER TA TRANSFORMATION EN MONSTRE, ET TU VAS TE BATTRE CONTRE TES PROPRES AMIS !
...
COMME TA MÈRE...

TU VAS CONNAÎTRE LA DOULEUR DE CEUX QUE TU APPELLES ÊTRES INFÉRIEURS...
SLASH
DANS LES FEUX DE L'ENFER !!
MISÉRABLE...

ザッ
TAP
ザッ
ガッ
DZZZ
チ
GH...
ガ
ガ
ズガガ
SHRAAAK
ガ

OH LÀ...
TAP
!!
TAP
TAP
SLASH

JE VENGERAI MA MÈRE !!
VAURIEN !!
STUPIDE ÊTRE INFÉRIEUR !
TING
OUPS
...
MINCE...

SLASH
FLOP
NON !! COLETTE !!

LLOYD ...
TU N'AS RIEN ?
TIENS BON, COLETTE !
AH !
CRÈVE !!
ALORS TOI...

SHLOPF
...
ARGH...

CLANG
DIRE QUE J'ÉTAIS ...
PLAF
À DEUX DOIGTS DE...
...
OH NON...
TU ES BLES-SÉE !
MAIS NON, ÇA VA, JE T'ASSURE...
JE NE SENS PRA-TIQUEMENT RIEN...
POURQUOI TU AS FAIT ÇA ?! TU ES COM-PLÈTEMENT FOLLE !
C'EST PAS POSSI-BLE !
TU ES COUVERTE DE SANG...
ET POUR-TANT, JE NE SOUFFRE PRESQUE PAS !

MA BLESSURE N'EST SÛREMENT PAS AUSSI GRAVE QU'ELLE EN A L'AIR...
TU NE CROIS PAS ?
...
LLOYD...
EN TOUT CAS, DÉPÊCHONS-NOUS DE SORTIR D'ICI...
IL FAUT TE SOIGNER DE TOUTE URGENCE...
MERCI...
HO HO HO...
SEIGNEUR KVAR...
GRÂCE À VOUS, LE CANON À MANA SERA BIENTÔT TERMINÉ...

QUEL DOMMAGE...
VOUS N'ÊTES SÛREMENT PLUS CAPABLE DE M'ENTENDRE... HA HA HA !
NE VOUS INQUIÉTEZ PAS, JE VOUS SUCCÉDERAI À LA TÊTE DU PROJET ANGELUS !
J'ACHÈVERAI LE CANON À MANA...
ET LES DEMI-ELFES RÉGNERONT ENFIN SUR LE MONDE...
SHLAK
JE SAVAIS BIEN QUE TU FINIRAIS PAR TRAHIR NOTRE CHEF...
PAUVRE FOU !
P...
PRONYMA...
VOTRE PETIT COMPLOT A ÉTÉ ÉVENTÉ...
SLASH
BIEN...
IL EST GRAND TEMPS QUE J'AILLE FAIRE MON RAPPORT AU SEIGNEUR YGGDRASILL...

JE N'EN REVIENS PAS... LES EXSPHÈRES SONT CRÉÉES À PARTIR DE VIES HUMAINES...
AUTRE-MENT DIT...
C'EST LA VIE DE MARBLE...
ET ÇA...
C'EST CELLE DE MA MÈRE...
...

JE N'AI PAS BESOIN DE CE TRUC !
FLAP
ATTENDS ...
À QUOI ÇA T'AVANCERA, DE JETER TON EXSPHÈRE ?
SI TU T'EN DÉBARRASSES...
TU CROIS VRAIMENT QUE TU POURRAS ALLER JUSQU'AU BOUT DE CE VOYAGE ?
MAIS...
PORTER UNE EXSPHÈRE REVIENT À JOUER AVEC LA VIE DE QUELQU'UN !!
LES VICTIMES DES DÉSIANS ONT ÉTÉ SACRIFIÉES CONTRE LEUR GRÉ...
MAIS ELLES N'AIMERAIENT PAS AVOIR SUBI TOUTES CES ATROCITÉS EN PURE PERTE...

TU DOIS ACCEPTER LEUR CONDITION ET CONSIDÉRER QU'ELLES T'APPORTENT LEUR AIDE AU COMBAT !
...
TRÈS BIEN...
TU M'AS CONVAINCU...
EXCUSEZ-MOI...
J'AI BESOIN DE RESTER UN PEU SEUL...
MAMAN...
JE T'AI VENGÉE...
MAIS...

LLOYD...
COLETTE ...
JE PEUX M'ASSEOIR À CÔTÉ DE TOI ?
TIENS !
GÉNIS A FAIT DU CAFÉ...
AH... MERCI !
LLOYD...
COMME JE NE PORTE PAS D'EXSPHÈRE, JE NE SAIS PAS TROP SI J'AI LE DROIT DE TE DIRE ÇA...
NÉANMOINS, SI TU REFUSES DE TE SERVIR DE LA TIENNE, NON SEULEMENT LES DÉSIANS TE TUERONT À COUP SÛR...
MAIS EN PLUS, ILS CONTINUERONT À VOLER DES VIES POUR FABRIQUER CES PIERRES...
...
ET ÇA, JE VEUX À TOUT PRIX L'EMPÊCHER !

ET PUIS ...
N'OUBLIE PAS QUE CETTE PETITE CHOSE RENFERME LA VIE D'UN ÊTRE CHER...
SINON, À QUOI SERVIRAIT LE PÉRIPLE DE LA RÉGÉNÉRA-TION ?!
LA VIE DE MAMAN...
C'EST VRAI...
TU AS PARFAI-TEMENT RAISON ...
MOI AUSSI, JE REFUSE QUE D'AUTRES SUBISSENT LE MÊME SORT QUE MA MÈRE...
MERCI, COLETTE !
ALORS JE FERAI TOUT POUR QUE TA MISSION SOIT COU-RONNÉE DE SUCCÈS...
BIEN PARLÉ !

AH ! AU FAIT...
TU DEVRAIS BOIRE TON CAFÉ AVANT QU'IL NE REFROIDISSE !
OUI...
MERCI !
?
MAIS IL EST...
ATTENTION ! IL SORT TOUT JUSTE DU FEU...
IL EST BOUILLANT !
BOUILLANT ?
OUI !
PRENDS GARDE À NE PAS TE BRÛLER...
TON CAFÉ, C'EST LE MÊME QUE LE MIEN ?
BIEN SÛR !
C'EST GÉNIS QUI NOUS L'A PRÉPARÉ...
ET IL EST CHAUD ?
OH OUI !
ÇA FAIT DU BIEN, D'AILLEURS !

TU LE TROUVES BRÛLANT...
ALORS QUE CE CAFÉ EST FROID COMME DE LA GLACE ?!
QUOI ?
HÉ HÉ...
MAIS BIEN SÛR...
QU'IL EST FROID...
C'ÉTAIT POUR RIRE !
HA HA HA !

MOI AUSSI, JE PLAISANTAIS...
!
ALORS, IL EST FROID OU IL EST CHAUD, CE MAUDIT CAFÉ ?
EUH ... JE...
TU N'EN AS AUCUNE IDÉE, C'EST ÇA ?
COLETTE, DIS-MOI ... DEPUIS COMBIEN DE TEMPS ÇA DURE ?!
TU AS PERDU TES SENSATIONS, N'EST-CE PAS ?!
NON...
C'EST FAUX...

C'ÉTAIT PAREIL, TOUT À L'HEURE !
TU SAIGNAIS BEAUCOUP, ET POURTANT TU DISAIS NE PAS AVOIR MAL !
MAIS C'EST LA STRICTE VÉRITÉ...
JE N'AI PAS SOUF-FERT...
ET CE N'EST PAS TOUT !
TU NE MANGES PRESQUE PLUS RIEN...
EST-CE QUE TU DORS, AU MOINS ?
BIEN SÛR QUE SI, JE MANGE...
ET JE DORS COMME UN LOIR...
TU VOIS, MES YEUX NE SONT MÊME PAS ROUGES !
JE POURRAIS COMPTER TES REPAS SUR LES DOIGTS D'UNE MAIN !
J'AI BIEN VU QUE TU T'ÉTAIS MISE À MANGER DES ALIMENTS QUE TU N'AIMAIS PAS AVANT...
ET QUE TU RESTAIS DE-BOUT TOUTE LA NUIT !

MAIS ...
PAS DU TOUT...
ビクッ
BRR
ARRÊTE DE ME MENTIR !!
TU...
RIGOLES TOUJOURS UN PEU BIZARRE-MENT, QUAND TU MENS !
!!
C'EST SI DIFFICILE DE ME FAIRE CONFIANCE ?
L...
LLOYD ...

DIS-MOI LA VÉRITÉ...
QU'EST-CE QUI T'ARRIVE ?
...
J'AI COMMENCÉ À ME SENTIR BIZARRE JUSTE APRÈS AVOIR BRISÉ LE SCEAU DU FEU...
LA NOURRITURE N'AVAIT PLUS AUCUN GOÛT...
EN FAIT, JE N'AVAIS MÊME PAS FAIM...
QUAND JE ME FORCE, JE FINIS PAR TOUT RENDRE... ALORS J'AI PRIS L'HABITUDE DE MANGER TRÈS PEU...
...
AU DEUXIÈME SCEAU, J'AI PERDU LE SOMMEIL...
J'AI BEAU FERMER LES YEUX, JE N'ARRIVE PAS À M'ENDORMIR...

JE N'AI PAS DORMI UNE SEULE FOIS DEPUIS...
VOILÀ, TU SAIS TOUT...
POURQUOI...
POURQUOI NE M'AS-TU RIEN DIT ?!
BAH...
J'AI PENSÉ QUE C'ÉTAIT NORMAL !
C'EST ÇA, DEVENIR UN ANGE...
!!
MAIS...
EN CONTREPARTIE, J'AI GAGNÉ UNE VUE PERÇANTE...

ET JE PEUX ENTENDRE LE MOINDRE PETIT BRUIT À LA PERFECTION...
MON OUÏE EST TELLEMENT FINE QUE...
C'EN EST PARFOIS DOULOUREUX...
ET MOI...
QUI NE PENSAIS QU'À MA PETITE PERSONNE... JE NE ME SUIS RENDU COMPTE DE RIEN...
ALORS QUE TU SOUFFRAIS EN SILENCE...
PARDON !

JE TE PROTÉGE-RAI...
QUOI QU'IL ARRIVE, JE JURE DE TE PROTÉGER...
MERCI, LLOYD...
TA TRISTESSE... ELLE ME TOUCHE AU PLUS PROFOND DE MON CŒUR... ÇA ME DONNE ENVIE DE PLEURER...
MAIS MES LARMES NE COULENT PLUS...
EXCUSE-MOI...

TON PÉRIPLE A ÉTÉ LONG…
JE TE FÉLICITE D'ÊTRE ARRIVÉE JUSQU'ICI !
LE CRUXIS T'ACCORDE SA BÉNÉDICTION…
RÉJOUIS-TOI !
L'ACCÈS À LA TOUR DU SALUT T'EST MAINTENANT PERMIS !
LOAD 8 : TRAHISON
RENDS-TOI À LA TOUR DU SALUT…
ET OFFRE TES PRIÈRES POUR LA RÉGÉNÉRATION DU MONDE !

ÇA Y EST ! LE JOUR DE LA RÉGÉNÉRATION APPROCHE !
C'EST BIEN JOLI, MAIS...
LA TOUR EST DIFFICILE D'ACCÈS... COMMENT VA-T-ON PROCÉDER ?
C'EST LA VILLE DE HIMA QUI EST SITUÉE LE PLUS PRÈS DE NOTRE OBJECTIF...
COMMENÇONS PAR NOUS Y RENDRE, NOUS RÉFLÉCHIRONS LÀ-BAS...
LA RÉGÉNÉRATION VA-T-ELLE VRAIMENT AVOIR LIEU ?
POURQUOI AS-TU L'AIR SI MAUSSADE, SHEENA ?
POUR RIEN...
TU DEVRAIS PLUTÔT TE RÉJOUIR, COLETTE SERA BIENTÔT UN ANGE !
...

AH...
COLETTE...
BON SANG !
SI ÇA CONTINUE, COLETTE VA RÉELLEMENT PERDRE SON HUMANITÉ...
...
HI HI...
FLOP
IL N'Y A DONC RIEN QUE JE PUISSE FAIRE ?

COLETTE !!
PROFESSEUR ! COLETTE NE VA PAS BIEN...
ENCORE LA TOXICOSE DES ANGES, SANS DOUTE...
NOUS PARTIRONS POUR HIMA DEMAIN. ÇA NOUS LAISSE LA SOIRÉE POUR NOUS REPOSER...
AH ...
JE...
...
?
...
?
COLETTE ?

!
COLETTE ...
NE ME DIS PAS QUE...
TA VOIX...
TU N'AS PLUS DE VOIX ?
QUOI ?
COMME ÇA, TOUT À COUP ?
...
EN RÉALITÉ ...
ÇA FAIT UN MOMENT QU'ELLE...
...

DÉSOLÉ, COLETTE...
TU M'AVAIS DEMANDÉ DE ME TAIRE...
MAIS JE NE PEUX PLUS GARDER LE SECRET !
QUELLE HOR-REUR !
LA TRANS-FORMATION EN ANGE... ÇA IMPLIQUE DES TRUCS COMME ÇA ?!
...
PARDON, COLETTE...
TU AS DÛ ENDURER TOUT ÇA...
PENDANT QUE MOI, JE NE ME RENDAIS COMPTE DE RIEN...

...
JE N'AI MÊME PAS IMAGINÉ...
CE QUI POUVAIT ARRIVER À COLETTE...
MOI NON PLUS GÉNIS...
?
GRI
QU'EST-CE QU'IL Y A ?

...
DES LETTRES ?
"NE VOUS EN FAITES PAS...
JE TIENS LE COUP...
JE DOIS RÉGÉNÉRER...
LE MONDE...
CAR C'EST MON RÔLE..."
C'EST MON RÔLE EN TANT QU'ÉLUE...
...
COLETTE ...

HIMA, LE VILLAGE DES AVENTURIERS.
KRATOS ET MOI, ON VA TENTER DE SE PROCURER QUELQUES DRAGONS VOLANTS... C'EST LE MEILLEUR MOYEN D'ATTEINDRE LE SOMMET DE LA TOUR.
VOUS, DRESSEZ LE CAMPEMENT ET TENEZ-VOUS PRÊTS !
COLETTE ?

AH OUI, J'AVAIS OUBLIÉ...
ON EST VRAIMENT PROCHES DE LA TOUR DU SALUT, ICI...
AU FAIT...
J'AI UN CADEAU POUR TOI !
...

JE N'AI PAS EU L'OCCASION DE TE L'OFFRIR PLUS TÔT...
TIENS, C'EST LE PENDENTIF QUE JE T'AI FABRIQUÉ POUR TON ANNIVERSAIRE !
!
ボロッ
PLOP
JE L'AI FIN...
AAAH, IL EST TOUT CASSÉ !!
HIII !
DÉSOLÉ ...
JE N'AURAIS PAS DÛ LE TRIMBALER TOUT CE TEMPS DANS MA POCHE...
JE SUIS VRAIMENT NAVRÉ...
JE VAIS LE RÉPARER TOUT DE SUITE...
IL VA FALLOIR QUE TU PATIENTES ENCORE UN PEU...

"M...
MERCI...
MÊME QUAND JE SERAI DEVENUE ...
UN ANGE...
J'ATTEN...
DRAI..."
MÊME QUAND TU SERAS DEVENUE UN ANGE, HEIN...
COLETTE ...
DIS-MOI...
QU'EST-CE QUE TU FERAS, UNE FOIS LE MONDE DÉBARRASSÉ DES DÉSIANS ?
...

HEIN ?
"ET TOI ?"
...
EH BIEN... MOI...
J'ÉTUDIERAI POUR DEVENIR ARTISAN, COMME MON PÈRE...
ET, UN JOUR, JE CONSTRUIRAI UN BATEAU...
POUR VOYAGER DE PAR LE MONDE, ENFIN PACIFIÉ !
J'EN EXPLO-RERAI LES MOINDRES RECOINS...
MON RÊVE, C'EST DE VISITER DES CONTRÉES IN-CONNUES, POUR DÉCOUVRIR CHAQUE JOUR DE NOUVELLES CHOSES !
ET JE T'EMMÈNERAI AVEC MOI...
MÊME SI TU ES UN ANGE, ON PARTIRA TOUS LES DEUX...

TU SERAS LA PREMIÈRE À MONTER À BORD !
!
OYD ...
LLOYD !

LLOYD !
AH !
SECOUE-TOI UN PEU !
C'EST PAS LE MOMENT DE TRAÎNASSER AU LIT !
TIENS ?
C'EST DÉJÀ LE MATIN ?
QUOI ?
QU'EST-CE QUI SE PASSE ?
OÙ SONT COLETTE ET LES AUTRES ?
PARLONS-EN, JUSTEMENT !
KRATOS ET COLETTE ONT DISPARU ! ÇA FAIT UN MOMENT QU'ON LES CHERCHE PARTOUT, SANS SUCCÈS !

PROFESSEUR SAGE !
OÙ SONT COLETTE ET KRATOS ?!
ON DIRAIT QU'ILS SONT DÉJÀ PARTIS POUR LA TOUR...
EFFECTIVE-MENT, DEUX PERSONNES SONT VENUES LOUER UN DRA-GON VOLANT, TÔT CE MATIN...
IL FAUT LES RATTRAPER AU PLUS VITE !
ALLONS-Y !
GRIMPE, GÉNIS !
...
POURQUOI SONT-ILS PARTIS SANS NOUS ?!
ENFIN... AVEC KRATOS, ELLE NE CRAINT RIEN, MAIS BON !
JE ME LE DEMANDE...

?
PAR-DON ?
NON...
RIEN...
FLAP
ばさっ
FRSSH
DÉPÊCHONS-NOUS !
À LA TOUR DU SALUT...

TOUR DU SALUT.
OÙ SONT-ILS ?
ILS SONT DÉJÀ À L'INTÉRIEUR, À MON AVIS ...
REGARDEZ, LA PORTE EST OUVERTE...
GROUILLEZ-VOUS !
DOOOM

QU'EST-CE QUE C'EST QUE ÇA ?
DES CORPS ?!
CE SONT... DES CERCUEILS ?!
POURQUOI Y A-T-IL AUTANT DE CADAVRES, ICI ?!
CE SONT SÛREMENT CEUX DES ÉLUS QUI ONT ÉCHOUÉ DANS LEUR TENTATIVE DE RÉGÉNÉRER LE MONDE...
ON RACONTE QUE CES 800 DERNIÈRES ANNÉES, TOUS LES PÉRIPLES ENTREPRIS DANS CE BUT SE SONT SOLDÉS PAR DES ÉCHECS...
C'EST PAS VRAI...
ALORS SI COLETTE ÉCHOUE À SON TOUR...
BON SANG !
ÇA NE ME DIT RIEN QUI VAILLE ! ALLONS-Y, VITE !

COLETTE !!
BIEN... COLETTE, ÉLUE DE LA RÉGÉNÉRATION...
TU VAS À PRÉSENT BRISER LE DERNIER SCEAU...
FLAP

ET NOUS FAIRE DON DE TOUT CE QUI FAIT ENCORE DE TOI UN ÊTRE HUMAIN...
AUTREMENT DIT, TON ÂME ET TES SOUVENIRS !
?!
AINSI, TU POURRAS ENFIN DEVENIR UN VÉRITABLE ANGE, COMME TU LE DÉSIRES !
QU...
QU'EST-CE QU'IL RACONTE ?
ELLE VA PERDRE SON ÂME ET SES SOUVENIRS ?!
ELLE VA NOUS OUBLIER ?!
COLETTE ...
VA MOURIR EN TANT QU'ÊTRE HUMAIN...
POUR RENAÎTRE SOUS LA FORME D'UN ANGE...

QU'EST-CE QUE VOUS DITES ?!
JE SUIS DÉSOLÉE, LLOYD...
COLETTE M'AVAIT FAIT PROMETTRE DE NE RIEN DIRE...
EN ÉCHANGE DE LA RÉGÉNÉRATION DU MONDE, ELLE VA DEVOIR SE SACRIFIER...
PAS TOUT À FAIT...
L'ÂME DE L'ÉLUE VA DISPARAÎTRE, MAIS SON CORPS SERA OFFERT À MARTEL !
AINSI, LA DÉESSE RENAÎTRA EN S'INCARNANT DANS LE CORPS DE L'ÉLUE !
...
C'EST LA CONDITION POUR DEVENIR UN ANGE...
VOILÀ EN QUOI CONSISTE LA RÉGÉNÉRATION !
C'EST LA RÉSURRECTION DE MARTEL QUI SAUVERA LE MONDE !

C'EST HORRIBLE...
ELLE DOIT RENONCER À SA PROPRE VIE POUR SAUVER LE MONDE !
COLETTE, NE FAIS PAS ÇA !
TAP
LLOYD !!
...
LÂCHEZ-MOI !!
MOI NON PLUS, JE N'AI PAS ENVIE QU'ELLE SE TRANSFORME...
MAIS QUE POUVONS-NOUS FAIRE D'AUTRE ?
TU PRÉFÈRES QUE SYLVARANT SOIT ENTIÈREMENT DÉTRUIT ?!
...
À TOI DE JOUER, ÉLUE !
ENTAME LA PRIÈRE DE LA RÉGÉNÉRATION !
FLOP

COLETTE
...
LLOYD...
GRÂCE À TOI...
J'AI TROUVÉ LE COURAGE DE PROTÉGER CE MONDE...
MA VOIX NE PEUT PLUS PARVENIR JUSQU'À TOI, MAIS...
C'EST PARCE QUE TU ÉTAIS À MES CÔTÉS QUE J'AI EU LA FORCE DE VIVRE CES SEIZE ANNÉES...

JE TE REMERCIE, LLOYD !

FSHH
COLETTE !!

N... NON...
JE...
JE T'AVAIS JURÉ...
QUE JE TE PROTÉGERAIS, QUOI QU'IL ARRIVE...
COLETTE !!
HÉ HÉ...
HA HA HA...
HA HA HA HA !!
ÇA Y EST !
NOUS AVONS UN RÉCEPTACLE POUR LA DÉESSE MARTEL !!

JE VAIS ENFIN POUVOIR OCCUPER LA PLACE VACANTE AU SEIN DES QUATRE SÉRAPHINS !!
ATTENDS UN PEU !
QUE VAS-TU FAIRE DE COLETTE ?!
IL VEUT L'EMMENER AVEC LUI DANS LES CIEUX...
COMMENT OSEZ-VOUS...
JE ME FICHE DU CRUXIS...
GRIP
DES ANGES...
ET DE LA DÉESSE MARTEL...
RENDEZ-MOI COLETTE !!
TAP

C'EST IMPOSSIBLE !
HÉ HÉ... DIRE QU'IL M'A FALLU TOUT CE TEMPS POUR OBTENIR UN RÉCEPTACLE...
QUANT À VOUS, VOUS NE M'ÊTES PLUS D'AUCUNE UTILITÉ !
DISPARAISSEZ !!
SHLOPF
RÉMIEL !!
ESPÈCE DE...

QU'AURAIS-TU FAIT SI L'ÉLUE AVAIT ÉTÉ BLESSÉE, RÉMIEL ?
QUOI ?!
SLASH

NON... C'EST IMPENSABLE...
COMMENT AI-JE PU...
SEIGNEUR ... KRATOS...
PLAF
KRATOS ?!
MAIS ENFIN, OÙ EST-CE QUE TU ÉTAIS PASSÉ ?!
LLOYD !
?
PROFESSEUR...
KRATOS...
QUI ES-TU RÉELLEMENT ?

TON AMIE N'EST PLUS ! LA FILLE QUI SE DRESSE DEVANT VOUS N'A PLUS AUCUN SOUVENIR DE TOI ET N'EN-TEND MÊME PLUS LE SON DE TA VOIX...
CE N'EST PLUS QU'UN PANTIN À DEUX DOIGTS DE LA MORT...
?
KRATOS ?
C'EST DE SON PLEIN GRÉ QUE L'ÉLUE A CHOISI DE RÉGÉNÉRER LE MONDE...
SA PRÉSENCE EST MAINTE-NANT REQUISE À DERRIS-KHARLAN...
POUR LA PREMIÈRE FOIS, TOUS LES SCEAUX SERONT BRISÉS ET LA RÉGÉNÉ-RATION POURRA AVOIR LIEU...

L'ÉLUE APPARTIENT DÉSORMAIS AU CRUXIS, QUI POURRA AINSI FOURNIR UN NOUVEAU CORPS À LA DÉESSE MARTEL !
QU'EST-CE QUE ...
TU RACONTES ?
JE SUIS ...
UN MEMBRE DE L'ORGANISATION QUI DIRIGE CE MONDE...
JE FAIS PARTIE DU CRUXIS !
FLAP

JE SUIS L'UN DES QUATRE SÉRAPHINS, ET J'AI ÉTÉ DÉSIGNÉ POUR VEILLER SUR L'ÉLUE TOUT AU LONG DE SON PÉRIPLE !
DES AILES !

NON !
DIS-MOI QUE C'EST FAUX ! TU ES...
SI L'ÉLUE EST CAPABLE D'ENTRER EN SYMBIOSE AVEC MARTEL, LA DÉESSE SE RÉVEILLERA ET LE MONDE SERA SAUVÉ...
JE M'EN DOUTAIS... TU NOUS AS TROMPÉS...
...
TROMPÉS ?
C'EST VOUS QUI VOULIEZ RÉGÉNÉRER LE MONDE, NON ?
JAMAIS DE LA VIE !

COLETTE
EST NOTRE
AMIE !!
TAP
RENDS-LA-
NOUS !!
POUVOIRS
SACRÉS...

AIDEZ-MOI À PURIFIER ...
CES ÂMES CORROM-PUES...
REPOSEZ EN PAIX...
PAUVRES PÊCHEURS ...
JUDGEMENT !

...
GH...
LA VACHE !!

COLETTE !!
...
TOUS TES EF-FORTS NE SERVIRONT À RIEN...
FSHH
KRATOS ...
TU...
TU NOUS AS VRAIMENT TRAHIS ?!

FSHH
RÉPONDS-MOI, KRATOS...

...
JE SAVAIS BIEN QUE TU SERAIS INCAPABLE DE LUI FAIRE FACE...
FLASHHH

CETTE VOIX...
TAP
SEIGNEUR YGGDRASILL ...
FSHH
FLAP

C'EST DONC TOI, LE FAMEUX LLOYD ?
UN AUTRE ANGE ?!
QUI ES-TU ?!
FSHH
JE VAIS TE RÉPONDRE, MISÉRABLE HUMAIN...
JE ME NOMME YGGDRASILL ...
VOUM
JE SUIS À LA TÊTE DU CRUXIS...
AH...
ET DES DÉSIANS !

BOM
VLAM
...
KOF

QU'EST-CE QUE...
C'ÉTAIT ?
FRRR
KRATOS ...
PLAF
PAS D'OBJECTION ?
...
ADIEU...
LLOYD !

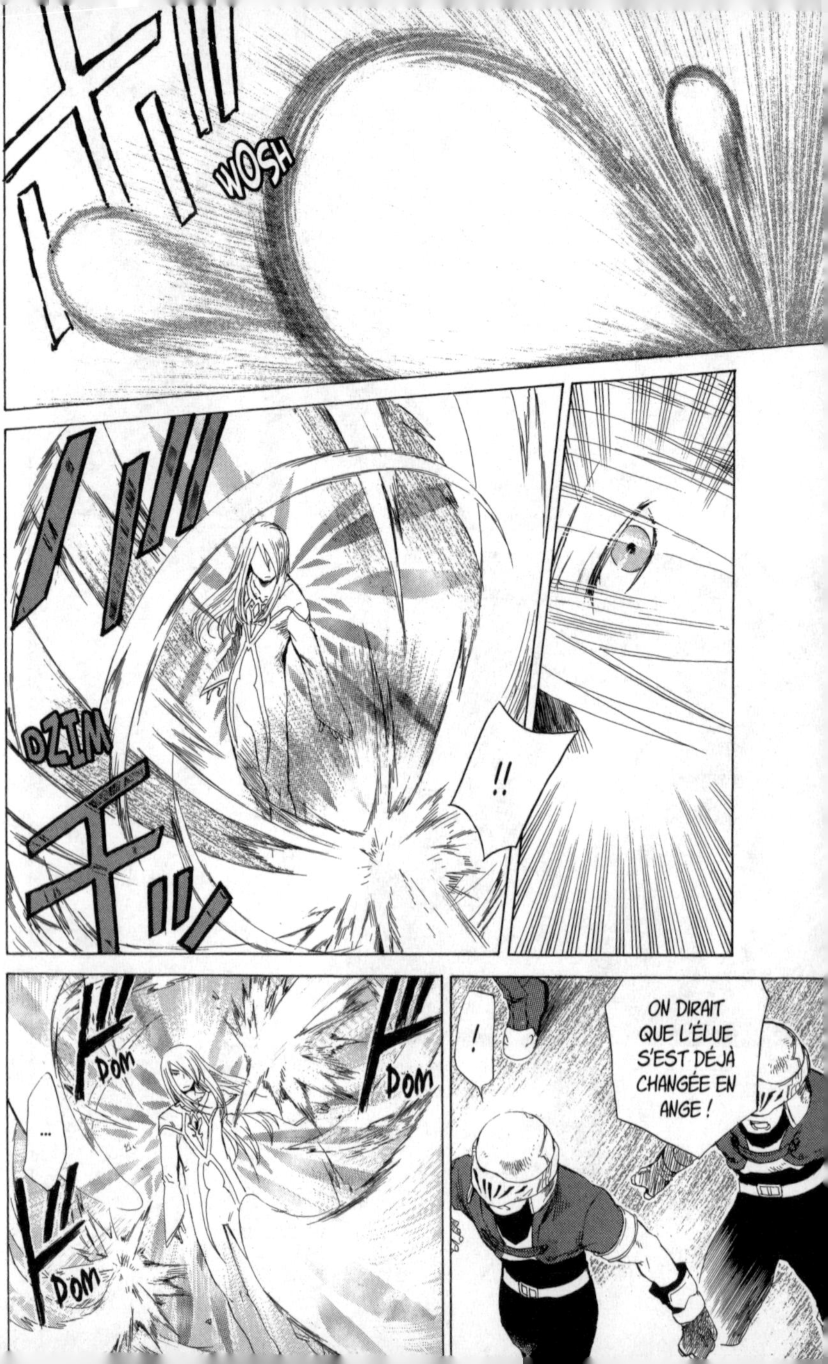
WOSH
DZIM
!!
ON DIRAIT QUE L'ÉLUE S'EST DÉJÀ CHANGÉE EN ANGE !
!
DOM
DOM
...
DOM

EMME-
NEZ-LES
TOUS !
ORDRE
DU CHEF !
BIEN !
!!
DOM
...
RETRAITE !

...
IMPERTINENTS RENÉGATS...
!
CLIC
C'EST BON ! ON S'EST ASSEZ ÉLOIGNÉS, ILS NE NOUS POURSUIVRONT PAS...
...
AH !
VLAK
!!

COLETTE !!
TU ES RÉVEILLÉ, LLOYD IRVING ?
DES DÉSIANS !
QU'EST-CE QUE VOUS ALLEZ FAIRE DE NOUS ?!
TU TE TROMPES ...
NOUS NE SOMMES PAS DES DÉSIANS...
?!
ON PEUT SAVOIR QUI VOUS ÊTES, ALORS ?!
NOUS SOMMES LES RENÉGATS...

UN MOUVEMENT DE RÉSISTANCE SECRET DONT LA MISSION EST DE LUTTER CONTRE LES DÉSIANS... OU PLUTÔT, CONTRE LE CRUXIS...
JE M'APPELLE YUAN !
TAP
JE SUIS LE CHEF DES RENÉGATS !
LLOYD IRVING...

J'AI QUELQUE CHOSE À TE DEMANDER...
PEUX-TU VENIR AVEC NOUS ?
GROOO

SEIGNEUR YGGDRA-SILL...
QU'Y A-T-IL, PRONYMA ?
JE VIENS VOUS FAIRE MON RAPPORT AU SUJET DE RO-DYLE...
JE VAIS DONC PRENDRE CONGÉ...
FSHH

C'ÉTAIT DU BON TRAVAIL, KRATOS...
TU PEUX TE REPOSER UN PEU...
COMPRIS ...
FSHH
FFF
PRONYMA ...
J'AI UNE NOUVELLE MISSION À TE CONFIER...

LLOYD...
TAP
TAP
TAP !
NE MEURS PAS...
LLOYD...
LA MOINDRE ERREUR TE SERA FATALE... ALORS PRENDS GARDE !

LES RENÉGATS ...
UN GROUPE SECRET QUI LUTTE CONTRE LES DÉSIANS ET LE CRUXIS...
ALORS C'EST VRAIMENT UNE SEULE ET MÊME ORGANISATION !
TOUT À FAIT...
TAP
OFFICIELLEMENT, LE CRUXIS S'OC-CUPE DE L'ÉGLISE DE MARTEL. MAIS EN FAIT, IL DIRIGE LES DÉSIANS...
QUI NE SONT QUE DE SIMPLES EXÉCUTANTS ...

LOAD 9 : L'AUTRE MONDE

LES ANGES SONT EN RÉALITÉ DES DEMI-ELFES QUI ONT ÉVOLUÉ GRÂCE À UN TYPE PARTICULIER D'EXSPHÈRE ?
LES DÉSIANS ET LE CRUXIS...
AINSI QUE LES RENÉGATS, SONT EN MAJORITÉ DES DEMI-ELFES...
L'ÉGLISE DE MARTEL N'EST QU'UN INSTRUMENT QUE LE CRUXIS A CRÉÉ DE TOUTES PIÈCES POUR DIRIGER LE MONDE À SA GUISE...
EN RÉALITÉ, CE N'EST PAS UNE DÉESSE...
CEPENDANT...
LES PRÊTRES DE MARTEL ET L'ÉLUE IGNORENT COMPLÈTEMENT LA VÉRITÉ...
QUEL EST LE VÉRITABLE BUT DU CRUXIS ?
ILS NE FONT PAS TOUT ÇA JUSTE POUR DOMINER LE MONDE, SI ?

PEUT-ÊTRE QUE CE RÉMIEL DISAIT VRAI... ILS VEULENT RESSUSCITER MARTEL...
ILS ENVOIENT UN ORACLE AUX MEMBRES DE LA FAMILLE DU MANA...
ILS ARRANGENT LEURS UNIONS ET EN FONT DES RÉCEPTACLES IDÉAUX...
JE NE COMPRENDS PAS POURQUOI ILS PERDENT AUTANT DE TEMPS, MAIS BON...
HÉ HÉ...
SPLENDIDE DÉDUCTION...
MAIS JE VAIS VOUS APPRENDRE UNE DERNIÈRE CHOSE...
IL EXISTE UN AUTRE MONDE QUI CHERCHE À EXPLOITER LE MANA, COMME SYLVARANT !
!
COMMENT ÇA ?!
IL PARLE DE TETHE'ALLA...

SHEENA ?!
TE-THE'ALLA... TU PARLES DE LA LUNE ?!
N'IMPORTE QUOI ! C'EST UN MONDE AVEC UNE SURFACE TERRESTRE...
ET SI VOUS NE ME CROYEZ PAS, J'EN SUIS LA PREUVE VIVANTE...
CAR JE VIENS DE TETHE'ALLA !
!!
LES DEUX MONDES SONT CONTIGUS...
MAIS CHACUN RESTE INVISIBLE AUX YEUX DE L'AUTRE...
C'EST PARCE QUE LEURS DEUX ESPACES-TEMPS SONT DÉCALÉS...
CEPENDANT, ILS EXISTENT BEL ET BIEN, ET INTERFÈRENT L'UN AVEC L'AUTRE...

QUAND L'UN DES DEUX MONDES DÉCLINE, CELA SIGNIFIE TOUT SIMPLEMENT QUE TOUT SON MANA BASCULE VERS L'AUTRE MONDE...
RÉSULTAT, LE PREMIER EST PROSPÈRE ALORS QUE L'AUTRE DÉPÉRIT...
COMME UNE SORTE DE SABLIER...
MAIS ALORS... EN CE MOMENT, SYLVA-RANT...
EH OUI...
TOUT SON MANA SE DÉVERSE SUR TETHE'ALLA... C'EST LA CAUSE DU DÉCLIN DE SYLVARANT !
LA TOUR DU SALUT EST APPARUE APRÈS L'ORA-CLE, N'EST-CE PAS ?
CETTE TOUR S'ÉLÈVE ÉGALEMENT DANS LE MONDE FLO-RISSANT...
LA RÉGÉNÉRATION DU MONDE PAR L'ÉLUE N'EST QU'UNE SIMPLE INVERSION DU FLUX DE MANA !

J'AI ÉTÉ ENVOYÉE ICI POUR ARRÊTER CE PROCES-SUS...
AFIN DE PROTÉGER TETHE'ALLA ...
C'EST YGGDRASILL ...
LE CHEF DU CRUXIS ET DES DÉSIANS !
SHEENA ...
ET LE RES-PONSABLE DE CETTE ABERRATION...

VOUS VOULEZ DIRE QUE C'EST LUI QUI A CRÉÉ LE MONDE ?!
C...
C'EST RIDICULE !
COMMENT AURAIT-IL PU...
VOTRE INCRÉDULITÉ ME POUSSE À STOPPER NET CETTE CONVERSA-TION...
ATTEN-DEZ !!
SI YGGDRA-SILL EST BIEN LE CRÉATEUR DES DEUX MONDES...
QU'EST-CE QUE VOUS ES-PÉREZ POUVOIR FAIRE CONTRE LUI ET SES HOMMES ?

!
NOUS VOULONS EMPÊCHER MARTEL DE RESSUSCI-TER...
C'EST POURQUOI NOUS AVIONS PROJETÉ D'ÉLIMINER L'ÉLUE, QUI LUI AURAIT SERVI DE RÉ-CEPTACLE...
MAIS KRATOS S'EST MIS EN TRAVERS DE NOTRE ROUTE AU TEMPLE...
CLING
ALORS C'ÉTAIT VOUS, CE JOUR-LÀ !
DANS CE CAS, POURQUOI NOUS AVEZ-VOUS SAUVÉS ?!
...
MAINTENANT QUE L'ÉLUE S'EST TRANSFORMÉE EN ANGE POUR DE BON, ON NE PEUT PLUS S'EN DÉBARRASSER SI FACILEMENT...
VOUS VOULEZ TUER CO-LETTE...
VOUS N'ÊTES PAS CE QU'ON PEUT APPELER DES ALLIÉS !
DÉSORMAIS, VOTRE AMIE EST COMME UNE ARME REDOUTABLE... SON INSTINCT LUI DICTE DE MASSACRER TOUT EN-NEMI QUI SE METTRAIT SUR SON CHEMIN, POUR ASSURER SA SURVIE...
?
CELA DIT...

IL Y A UN ÉLÉMENT PLUS IMPORTANT QUI NOUS PERMETTRA D'ATTEINDRE NOTRE BUT...
ET IL EST MAINTENANT ENTRE NOS MAINS !
NOUS N'AVONS PLUS BESOIN...
DE L'ÉLUE !!
TAP
QU...
QU'EST-CE QUI VOUS PREND ?!

C'EST DE TOI DONT NOUS AVONS BESOIN...
LLOYD IRVING !
DE MOI ?!
MAIS QU'EST-CE QUE J'AI À VOIR LÀ-DEDANS ?!
TU N'AS PAS À LE SAVOIR !
EMPAREZ-VOUS DE LUI !!
DANS VOS RÊVES !
PYRO-SCEAU !!
FLAP

AAAH !!
BAOM
LLOYD !
DÉPÊCHE-TOI !
EUH ... J'ARRIVE !
GH...
MAUDIT SOIS-TU, LLOYD...
JE NE TE LAISSERAI PAS FILER !
AH !
IL N'EST PAS LÀ !
CHERCHEZ DE L'AUTRE CÔTÉ !!

MALÉDICTION...
POURQUOI ILS EN ONT APRÈS MOI ?!
ILS POURRAIENT AU MOINS DIRE CLAIREMENT SI CE SONT DES ENNEMIS OU DES AMIS, CES RENÉGATS !
JE PENSE QU'ON PEUT LES CONSIDÉRER...
EUX ET LE CRUXIS, COMME DES ENNEMIS...
YGGDRASILL EST LE CHEF DU CRUXIS...
ET KRATOS S'EST INCLINÉ DEVANT LUI... PAS DE DOUTE, IL EST...
DEPUIS LE DÉBUT, ILS NOUS ONT BIEN DUPÉS...
RÉMIEL, LE CRUXIS...
ET KRATOS AUSSI...

IL VA ME LE PAYER...
CE SALAUD ...
ET MAINTENANT, QU'EST-CE QU'ON VA FAIRE ?
...
EH BIEN...
IL FAUT TROUVER UN MOYEN DE RAMENER COLETTE À SON ÉTAT NORMAL...
SI MARTEL PREND POSSESSION DE SON CORPS, IL SERA TROP TARD...
MAIS COMMENT FAIRE ?
EUH...
ET SI VOUS VENIEZ À TETHE'ALLA ?
À TETHE'ALLA ?!
C'EST POSSIBLE ?!
BIEN SÛR !
CORRINE !!
FLOP
TROUVE-MOI LE HANGAR OÙ SONT ENTREPOSÉS LES PTÉROPLANS !
TOUT DE SUITE !
TAP

DILING
CE SONT DES VÉHICULES QUI PERMETTENT DE TRAVERSER LA BRÈCHE ENTRE LES DEUX DIMENSIONS...
UNE FOIS À TETHE'ALLA, ON TROUVERA SÛREMENT UN MOYEN DE SAUVER COLETTE...
LES RECHERCHES SUR LES EXSPHÈRES SONT BIEN PLUS AVANCÉES, LÀ-BAS...
D'ACCORD !
EFFECTIVEMENT, C'EST CE QU'IL Y A DE MIEUX À FAIRE...
?
COMMENT ÇA ?
TOUT À L'HEURE, YUAN A DIT...
QUE LES ANGES ÉTAIENT DES DEMI-ELFES AYANT ÉVOLUÉ GRÂCE À DES EXSPHÈRES PARTICULIÈRES...
AH !
BON SANG, MAIS C'EST BIEN SÛR !
C'EST À CAUSE DE SON CRISTAL QUE COLETTE EST DANS CET ÉTAT !
JE SAIS QU'À TETHE'ALLA, DES RECHERCHES ONT ÉTÉ MENÉES SUR LES CRISTAUX QUE PORTENT LES ÉLUS...
IL NOUS FAUT NOUS Y RENDRE... JE NE VOIS PAS D'AUTRE SOLUTION...

BON !
EN ROUTE POUR TETHE'ALLA !!
CETTE FOIS-CI, JE PROTÉGERAI COLETTE !!
J'EN FAIS LE SER-MENT !
SHEENA !
ALORS, CORRINE ?
JE LES AI TROUVÉS ! ILS NE SONT PAS LOIN !
TAP
TAP

VITE ! GUIDE-NOUS JUSQUE LÀ-BAS !
D'AC-CORD !
ILS SONT CENSÉS ÊTRE ICI ?
IL N'Y A RIEN DU TOUT...
BIP
UNE PETITE MINUTE...
BIP BIP

ゴ
オオオオン
VROOOOM

C'EST ÇA, UN PTÉRO-PLAN ?!
ILS SONT À NOS TROUSSES !
ON SE DÉPÊCHE !
EUH... OK !
C'EST BIEN GENTIL, MAIS JE NE SAIS MÊME PAS COMMENT ON DÉMARRE CES MACHINS...
JE VAIS VOUS APPRENDRE À LES PILOTER, NE TOUCHEZ À RIEN...
AH !
GRIP
OUPS !
CLONG

VROOOOOOOO
ARGH !
○□△◎※☆

FSHHH
ÇA VA, LLOYD ? TU N'AS RIEN ?!
EUH ... ÇA VA !
ON A TRAVERSÉ LA FAILLE SPATIO-TEMPORELLE...
?!

C'EST ÇA, TETHE'ALLA ?

LA TOUR DU SALUT ?!
COMMENT PEUT-ELLE ÊTRE ICI AUSSI ?
COMME LE DISAIT YUAN, LA TOUR DU SALUT APPARAÎT ÉGALEMENT DANS L'AUTRE MONDE...
ÇA VEUT DIRE QUE TETHE'ALLA EST ENCORE PROSPÈRE...
ET KHARLAN, LA TERRE SACRÉE... ELLE EXISTE ICI AUSSI ?!
BIEN SÛR !
C'EST PRÉCISÉMENT LÀ QUE SE DRESSE LA TOUR ...
TOUT COMME DANS VOTRE MONDE...
MAIS C'EST SUR LA TERRE SACRÉE QUE LA GUERRE A PRIS FIN, DANS L'ANTIQUITÉ !
UN TEL ENDROIT NE PEUT PAS EXISTER EN DOUBLE !!
PEUT-ÊTRE QUE LA VÔTRE EST FAUSSE ?
ET TOC !
ICI, À TETHE'ALLA, NOUS AVONS DES DOCUMENTS ATTESTANT QUE LE HÉROS MITHOS A CONVIÉ LES DEUX GRANDS ROIS DE L'ANTIQUITÉ EN CE LIEU PRÉCIS POUR LEUR FAIRE SIGNER LE TRAITÉ METTANT UN TERME À LA GUERRE...
GRR
NOUS AUSSI, NOUS AVONS CES DOCUMENTS !
ET À PALMACOSTA, ON A MÊME CONSERVÉ LE MATÉRIEL QUI A SERVI POUR LA CÉRÉMONIE DE SIGNATURE !
C'EST PAS BIENTÔT FINI ?
ET SI LES DEUX ÉTAIENT VRAIES ?
C'EST ABSOLUMENT IMPOSSIBLE !
BIIIP
BIIIP

BIIIP
HEIN ?
LA JAUGE INDIQUE ZÉRO ?
BIIIP
CLAC
CLAC
AH OUI !
COMME VOUS AVEZ LIBÉRÉ LES ESPRITS ORIGINELS DE SYLVARANT...
IL N'Y A PLUS ASSEZ DE MANA DE CE CÔTÉ !
CLAC
ET DONC ?
CLAC
DONC... ON VA S'ÉCRA-SER !!
AAAAAN !
BLAAAM
AAAAN !

...
SHHHHH
AÏE AÏE AÏE...
TOUT LE MONDE EST ENTIER ?
OUI... PLUS OU MOINS...
ON A ATTERRI À...
EH OH...
QU'EST-CE QUI S'EST PASSÉ ?
C'EST UNE MAUVAISE BLAGUE ?
JE SUIS COINCÉ...
DÉSOLÉ, C'EST NOTRE FAUTE...
JE VAIS VOUS SORTIR DE LÀ !!
HO ! HISSE !
GNNNN
AAAAÏE !
AH !!
OUPS...
IL Y A QUELQU'UN LÀ-DESSOUS !!
AAH !
AH...
JE NE SAIS PAS QUI VOUS ÊTES, MAIS TÂCHEZ D'Y ALLER UN PEU PLUS DOUCEMENT !
COMMENCEZ PAR ENLEVER CES MAUDITES PLANCHES !
AH...
OUI, PARDON...
MELTOKIO ?

Ça va ?
Ouf...
Sauvé ...
BLA
Zut, on n'aurait pas pu tomber plus mal...
C'est la ville des nobles...
BLA
Vous avez failli endommager mon beau visage !
Fichtre ...
Et ma maison est à moitié détruite...
!
ぎょっ
HOP
Ah !
C'est toi...
Zélos !!
Hé...
Mais c'est toi, Sheena !

First published in Japan in 2006 by MAG Garden Corporation
French translation rights arranged with MAG Garden Corporation
through Tuttle-Mori Agency, Inc, Tokyo

Édition française
Traduction :
Fédoua Thalal

Adaptation graphique :
Ki-oon

ISBN : 978-2-35592-069-1
Dépôt légal : mai 2009
Imprimé en Belgique par Lannoo Print